谷郁雄

poem-piece

大切なことは小さな字で書いてある

もくじ

薄い詩集

薄い詩集の
薄さと
軽さが
ぼくは好きだ

心の負担に
ならないし
どこへでも
持っていけるから

励ましを必要とする
友達にあげてもいい
ささやかな
贈り物として

薄い詩集の
軽さは
人生の重さから
ぼくを自由にしてくれる

空へと飛び立つ
鳥のように
ぼくの手の中で
想像の翼を広げている

コーヒー

電子レンジが
壊れたのか
コーヒーが
温められない

何度か
やってみても
ぼくのコーヒーは
生き返らない

冷たいまま
飲み干して
自分の命のぬくもりで
コーヒーを温め直す

ハトよけ

ベランダに
吊るされて
キラキラ光り
ハトよけとして
役立っている
森山直太朗のCD

同じ歌ばかり
くり返し
歌うのにも
飽きてしまって

やっと
別の生き方を
見つけた嬉しさに
四方八方へと
光をまきちらしている

当たり前

あなたが
いることが
当たり前だった

ある日
あなたが
いなくなり

あなたが
いないことが
新しい
当たり前になった

成仏

他人の
やさしさに
ふれるたびに

ぼくの中の
悲しみや
怒り

負の感情たちが
一つ一つ
成仏してゆく

たとえ夜には

朝が来たら
真っ白な心で
世界に向き合いたい

たとえ
夜には
少し失望して
疲労して
心が
真っ黒に
汚れてしまっているとしても

一人だけの短い行列

話題の
村上春樹の
新刊の山を
通り過ぎて

奥の方に
ぽつんと
一冊だけ
面出しされていた
ポール・オースターの
『冬の日誌』を見つけて
心に
火がともる

一人だけの
短い行列を作って
期待に
目を輝かせて
小さな書店の
レジに並んだ

爪切り

爪がのびる
生きている証

爪を切る
生き続けるために

夜中に爪を切ると
親の死に目にあえないと
教えられた子供の頃から
ぼくと爪との
追いかけっこは続いている

のびても
のびても
切られる爪

切っても
切っても
のびてくる爪

いのちと
いのちとの
こっけいな戦い

爪がのびる
ぼくを生かすために

爪を切る
誰も傷つけないように

Uターン

これ以上
近づけば
明日は
明日じゃなくなる

だから
ここで
Uターンしよう

夕暮れの
暗い帰り道も
たしかに
明日へと
続いていることを信じて

心のリレー

お金がなくて
本が買えないときは
歩いて
近所の図書館へ

いい本と
出会えることを願って
わざとゆっくり
歩いてみたり

そうして
借りてきた
本のページには
ぼくより前に
読んだ人たちの
心の消印が押してある

ときどき
ページの間に
押し花が
咲いていたり
コーヒーのしみも
くっついていたり

そうして
みんなの本を
ぼくも読む
心のリレーの
走者となって

クモ

人生とは？

その問いに対する
答えを
一人ひとりが
日々を生きることで
見つけようとしている

ぼくらは
それぞれ
形のちがう巣を
作ろうとしている
クモなのかもしれない

どんな巣を
作ればいいのか
知らないから
こんなにも
いろいろな巣が
出来上がる

それぞれ
どこか
いびつだが
朝の光に
美しく輝くといい

鏡の汚れ

鏡の汚れを
拭き取りながら
ぼくはふと思う

ぼくの心も
世界を映す鏡

汚れたことにも
気づかずに
世界を映しているかもしれない

25%増し

真っ青な空と
白銀の雲と
純金の光と
ゆるやかな時の流れ

いつか
未来の
とある一日

まだ
二人がともに
元気だった
今日のことを

ひとりぼっちで
なつかしく
思い出す日が
来るかもしれない

そう思うと
今日の
何もかもが
25％増しの
美しさで
ぼくの心に迫ってくるのだ

心細くて

買い物の帰り道

夕暮れの
きれいな空を
傷つけてゆく
一すじのひこうき雲

世界の痛みが
空全体へと
広がってゆく

血のように
赤くひらいた
空の道

心の中で
ひっそり
両手を合わせる

生きているのが
心細くて

曲がり角

ぼくらは
いま
ここにいる

石ころみたいに
言葉も
声も
失って

話せば
あまりにも
長すぎる

物語の
曲がり角を
ともに
曲がり続けて

いい風が吹いて

日々
おっかなびっくり
生きている
落とし穴や
障害物が
たくさんありすぎて

世界は
やさしい言葉や
やわらかな乳房や
甘いケーキに
なったりもするけれど
ナイフや
寒い夜や
冷笑にも
なったりするから

ポーカーフェイスの下に
怖がりな女の子のような
素顔を隠して
目立たないように
気をつけている

いい風が
吹いて
世界が
フレンドリーで
いてくれることを願いながら

焼きたてのパン

焼きたての
パンのような
ふっくらした
香ばしい心

両手に
やさしく
包み込んで
歩いてゆく

自分の心が
たしかな
ぬくもりとして
感じられる冬の朝

エンゲル係数

生活費全体の内
食費の占める割合を
エンゲル係数と呼ぶ

この係数が高いほど
生活水準が低いと
言われている

決めゼリフのように
妻の口から
吐き出され
ぼくの心に
ぐさりと刺さる
ナイフのような言葉

「うちは
ほんとに
エンゲル係数
高いのよねえ」

詩の副作用

インフルエンザの
予防接種には
副作用の注意書きがある

発熱
じんましん
呼吸困難
その他

ぼくの詩集を
はじめて
手に取る人のために
副作用の注意書きを
添えたいのだが

人によってどんな症状が現れるのか

作者の
ぼくにも
分からない

白黒

物事に
白黒はっきり
つけたがる人

グレーのままに
しておくほうが
いいこともあるのに

街を歩けば
銀杏の葉は
黄色に色づき
八百屋の店先の
柿は夕陽の色に
染まっているのに
空はこんなにも
透明青なのに

それでも
頑なに
白黒はっきり
させたがる人は

恋人も
友達も
家族も
失って

ひとりぼっちで
白黒の世界に
佇むことになるだろう

2
B

新しい鉛筆を
削って
書き心地を
確かめる

ほんの少し
やわらかめが
ぼくの好み
2Bにも
かためと
やわらかめが
あって

当たり
外れが
いつもある

幸い
とても
いい書き心地
ぼくの心と
同じくらいの
やわらかさ
いい詩が
たくさん
書けるといいな

いい詩には
ちょっぴり
苦味も
含まれているだろうけど

諍い

木は
風にそよぎ
鳥は
空へと飛び立ち

小さな諍いから
始まる朝もある

けれど
ぼくに
何ができるだろうか

人の間で
生きることのほかに

真実は

毎日
目にする
さまざまな広告

読むときに
気をつけたいこと

きれいな写真にも
大きな字にも
心を奪われてはいけない

くれぐれも
用心しよう

真実は
常に
こっそり
隠されている

虫めがねで
かろうじて
読めるくらいの
小さな字の中に

大晦日

歯みがき
くしゃみ
キス

日々の
ささやかな
出来事の
一つ一つに
「今年最後の」
という魔法のことばが
光り輝く
王冠のように
ちょこんと
のっかっているのが面白い

空き地

また
空き地に
やってきた

この場所で
ゼロから
やり始める
喜びをかみしめるために

一喜一憂

何が起きても
平然と
大木のように
暮らしたい

ゴキブリが
現れたくらいで
大騒ぎしたり
半分に分けた
どら焼きの
どちらが大きいか
見比べてみたり

そんな
卑小な自分に
自己嫌悪
ちっぽけすぎて
かわいくさえ思えてくる

威風堂々とも
泰然自若とも
無縁のぼくに
ふさわしいのは

やっぱり
あれだ

一喜一憂

紙ひこうきの行方

ノートをちぎって
折り曲げて作った
紙ひこうき

窓から飛ばして
その行方を
見守った

紙ひこうきは
クラスで一番の秀才にも
予見できないコースを飛んで
いつも意外な場所に落下して
ぼくらを笑わせた

紙ひこうきの行方は
誰にも予見できない

それが
ぼくらが学んだ
いちばん大切なこと

久しぶりに
紙ひこうきを
飛ばしてみたくなった
友達の
笑顔を思い出しながら

ヒヤシンス

三色の花が
競うように
咲き始めた

花芯からは
ほのかな
甘い香りも

それは
近づく春を
知らせる便り

家具や
布団や
本が
手際よく
運び出されて

からっぽに
なってしまった
お隣さんの
置き土産

黙って
きれいに
咲いている

くり返しの日々

ときどき
知らない道を
歩いてみよう
はじめての曲がり角を
曲がってみたりして

ときどき
知らない人と
話してみよう
はじめてあなたに
出会った日のことを思い出しながら

だらだら続く
くり返しの日々の
合間
合間に

美しい
疑問符や
感嘆符を
ちりばめるように

心の旅

大人気の
ジェットコースターには
長蛇の列

ぼくは
回転木馬に跨って
のろのろ
心の旅をする

時速10万キロで
お日さまの周りを
回り続ける地球の
穏やかな昼下がりに

替えのくつ下

着るシャツが
厚くなったり
薄くなったり

今日は
寒そうだから
厚めのシャツ

ハンガーで
油断していた
厚手の生地の
赤いシャツを
叩き起こして

朝の身支度を整える

スニーカーが
雨で濡れることも
想定して
替えのくつ下を
鞄の底に忍ばせて

世界

無数の奇跡を
積み重ねて
神さまは
世界を創り上げたのだ

結果については
一切
責任を負わない
という条件の下で

しっぽ

あなたに会えて
嬉しいと
言葉にするのも
もどかしい

しっぽがあったら
ぶんぶん
ちぎれるくらい
ふってみせるのに

あとがき

このたび、ポエムピース社から刊行されることになった「詩の時間」シリーズの一冊に、ぼくの詩集も加えていただくことになった。

「詩の時間」というステキなことばを発案してくれたのは、寄藤文平さんだ。ぼくが思うに、「詩の時間」とは、どこか遠くにあるわけじゃなく、ぼくらが日々を送り暮らす、猥雑にしてしんどくもある日常の中にこそ、ひっそり息づき、細々と清流のごとく流れ続けている時間のことではないだろうか。

本書に収めた詩は、二〇一六年の秋から二〇一八年の春にかけて書いた詩の中から取捨選択した。

ぼくが詩を書くときは、Ｂ４のコピー用紙に２Ｂの鉛筆で書く。その書き方は長い間変わっていない。これらの詩も同じようにして生まれてきた。「2B」という詩には、そんなぼくの詩作の一コマが描かれている。「エンゲル係数」という詩には、わが家の経済事情が反映しているけれど、共感してもらえる人も多いような気がする。

普段から詩に親しんでいる人も、詩はちょっと苦手という人も、コーヒー片手にそれぞれの「詩の時間」を見つけてほしい。詩に飽きたら、また日常へと戻っていけばいい。そのとき、少しだけ、日常が新鮮に感じられるはず。詩には、そんな副作用（効能）があるのだ。

最後に、ポエムピース社主の松崎義行さん、編集担当の川口光代さん、装丁を引き受けてくださった寄藤文平さんと鈴木千佳子さんに、心からの「ありがとう」を！

二〇一八年夏　著者

谷 郁 雄

たに・いくお

1955年三重県生まれ。同志社大学文学部英文学科中退。
大学在学中より詩作を始め、78年に大学を中退後、上京。
90年に『死の色も少しだけ』で詩人デビュー。
93年『マンハッタンの夕焼け』が小説家の辻邦生の目にとまり、
第3回ドゥマゴ文学賞の最終候補作に。
詩集に『自分にふさわしい場所』『日々はそれでも輝いて』
『無用のかがやき』『思春期』『愛の詩集』『透明人間 再出発』
『バンドは旅するその先へ』『バナナタニ園』他多数。
詩集の他に、自伝的エッセイ集
『谷郁雄エッセイ集 日々はそれでも輝いて』
などがある。いくつかの作品は、
信長貴富氏らの作曲により、合唱曲にもなっている。

『大切《たいせつ》なことは小《ちい》さな字《じ》で書《か》いてある』／著者　谷郁雄《たにいくお》／2019年1月15日　初版
第1刷　発行／発行　ポエムピース　東京都杉並区高円寺南 4-26-5 YSビル3F
〒166-0003　TEL03-5913-9172　FAX03-5913-8011／デザイン　寄藤文平＋
鈴木千佳子／編集　川口光代／印刷・製本　株式会社上野印刷所／／ISBN 978-4-908827-47-1　C0095　Printed in JAPAN